森の地図

阿部夏丸・文
あべ弘士・絵

ブロンズ新社

「今日こそ、あれに、のぼるのだ」
森のむこうにある岩山を見て、カムロは、そうつぶやきました。
山は青々とおいしげり、夏の日ざしをいっぱいにすいこんでいます。

カムロは、村をぬけ、アザミの原を歩き、やっと、この峠《とうげ》にたどりついたところでした。ここまでくると、さすがに人里の気配《けはい》はありません。今まで両側《りょうがわ》の斜面《しゃめん》にひろがっていた、クワ畑やモモ畑は見えなくなり、かわりにスギの森が、一面《いちめん》にひろがりました。そして、その森のむこうに、岩山が、高くそびえたっているのが見えました。カムロは思いました。

(今日は、すこし赤っぽいな)

なにしろカムロは、あの岩山にのぼりたいと考えてから、毎日毎日、家の屋《や》根《ね》にのぼってながめていましたから、岩山が、季節《きせつ》やお天気によって赤っぽく見えたり、青っぽく見えたりすることを、よくしっていたのです。カムロは、リュックをおろすと、中から紙きれをとりだしました。そして、ていねいに折《お》り目をひろげると、じっとその紙きれを見つめました。

ハンケチほどのそれは、地図でした。地図は、かなり本格的《ほんかくてき》なものらしく、うすい青色のインキで、等高線《とうこうせん》がびっしりとかかれています。おそらく、地図を買ってから、なんどもなんども見かえしたのでしょう。折り目のインキは消《き》えかかり、ところどころ、やぶれてもいます。

「よし、いこう」

カムロは、そういうと、峠道《とうげみち》をはずれ、岩山へつづく森の中へと、歩いていきました。

森の中はまっすぐにのびる太いスギでいっぱいです。

カムロは、スギのあいだをぬうようにずんずんとすすみ、小川を探《さが》しました。道も目印《めじるし》もないこの森の中では、川だけが地図にある唯一《ゆいいつ》の目印だからです。

一時間も歩いたでしょうか？　カムロは、だんだん、不安《ふあん》になってきました。歩いても歩いても、いっこうに、森の景色《けしき》がかわらないからです。それは、まるで迷路《めいろ》のようでした。

「ほんとうに、川にでられるのだろうか」

カムロがつぶやいたそのときです。ふいにだれかの声がしました。

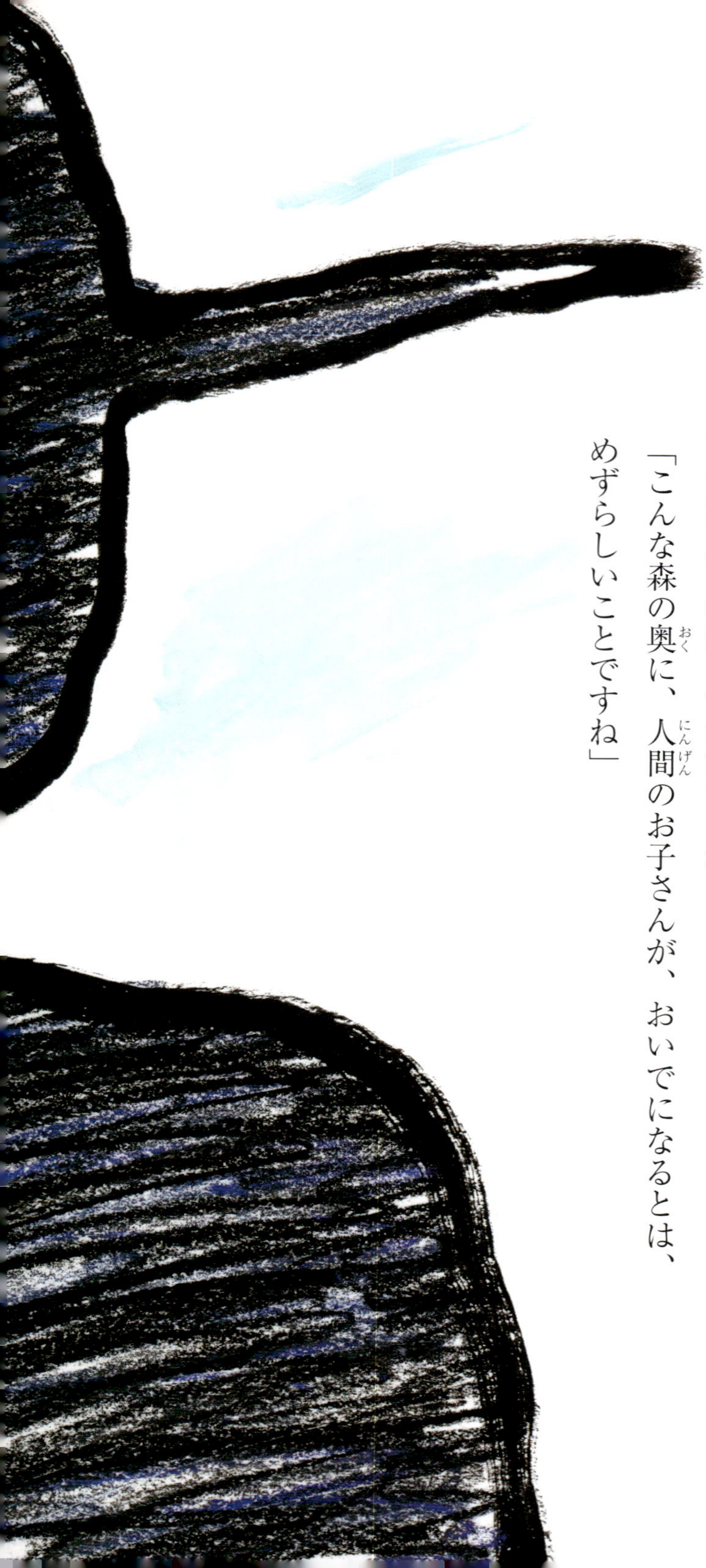

「こんにちは」

ふりかえると、ウラジロのあいだから、一匹《いっぴき》のイタチが顔をだしました。

イタチは、つやつやとした首をひょいとのばすと、あたりを見まわし、ぴょんとカムロの前にとびだしました。

「こんにちは。イタチさん」

カムロが、あいさつをすると、イタチは、まがった背《せ》すじをぴんとのばしていいました。

「こんな森の奥《おく》に、人間《にんげん》のお子さんが、おいでになるとは、めずらしいことですね」

「あの岩山にのぼろうと思うんです」

「あ、あの、岩山にでありますか」

　イタチは、たいへんおどろいたようで、目玉をくるくるさせています。

「わたしも、ずいぶん長いあいだ、この森にすんでおりますが、人間のお子さんがあの岩山にのぼろうなんて、はじめてです。いやあ、ごりっぱなことだ」

　イタチが、やけに感心《かんしん》するものですから、カムロは、てれくさくなりました。

「イタチさん。あんまり感心しないでくださいよ。どうやら、ぼくは、道に迷《まよ》っているようなんですから」

「へっ？　地図はおもちなのでしょう？」

「はい。地図はあります。しかし、地図にある川が見つからないのです」

「そうですか。それはおこまりですね。たいへんおそれいりますが、地図を見せてはいただけませんか」

　カムロは、リュックの中から地図をとりだすと、ていねいにひろげてイタチにわたしました。

ところが、地図をのぞきこんだイタチの顔は、見る見る青ざめてきたのです。さらには、鼻《はな》のあたりにシワをよせて、するどい目つきでこういいました。

「私は、あなたが地図をもっていらっしゃるというから感心《かんしん》していたのですが、どうやら、それは、まちがいのようでした。この地図では、何百年と歩いたところで、あの岩山にはのぼれませんし、第一《だいいち》、あなたは、あの岩山にのぼる資《し》格《かく》もないようだ」

カムロは、びっくりしてたずねました。

「えっ。いったい、それは、どういうことです?」

「そんなこともわからないのですか。まあ、いいでしょう。しかし、このことは森のあるじに、相談《そうだん》しなくてはなりませんな」

イタチは、そのままあとずさると、風のようにたちさってしまいました。

(この地図ではのぼれないって、どういうことなんだろう)

(資格がないって、どういうことなんだろう)

カムロはしばらく考えましたが、わかるはずもありません。そこで、気もちをいれなおし、森の中へと、さらにすすむことにしました。

腕《うで》よりも太いフジのつるをくぐり、ふたかかえもあるスギの倒木《とうぼく》をのりこえたときです。頭上《ずじょう》から、急《きゅう》に光がさしこみました。見あげると、それまで空をおおっていた木《こ》の葉《は》や枝《えだ》がとぎれ、帯《おび》のような空が顔をのぞかせていました。

「川だ」

カムロの目の前に、空からの光にそうようにして、一本の細い流《なが》れがあらわれました。地図のとおりであるならば、この川ぞいに歩いていけば、まちがいなく、あの岩山のふもとまでいけるのです。

カムロは、つかれていた足や手が急《きゅう》に軽《かる》くなったように思いました。

「よし、岩山のふもとまで、一気《いっき》にいこう」

そして、つめたい水の中をジャバジャバ歩いたり、岩の上をホイホイとんだりして、奥《おく》へ奥へといきました。先ほど、イタチにいわれたことを思いださないわけではありませんでしたが、夢《ゆめ》にまで見た、あの岩山がこの先にあるのです。カムロは、どんどんとのぼりつづけました。

しばらくいくと、十メートルもあろうかという大岩が、川をふさいでいました。近づいてみると、川の水は、岩のすきまから流《なが》れだしているようです。

「こまったことだ」

むこうには、きっと川がつづいていると思うのですが、この大岩をのぼることは、とてもできそうにありません。カムロは、がっかりして石の上に腰《こし》をおろすと、両足《りょうあし》を水につけ、ぼんやりと大岩をながめるのでした。

そして、両足が、すっかりひえきったころ、どこからともなく、声がしました。

「よお……」

それは、たいへん太く、低《ひく》く、平《ひら》べったい声でした。

「だれですか？」

「よお……」

不思議《ふしぎ》です。なにしろ声は、大岩の水がしみでているあたりからするのです。

(この岩が、しゃべっているのだろうか？)

カムロがそう思ったとき、大岩の水にぬれて黒っぽくなったあたりが、むくむくとふくらみはじめました。それは、ちょうどヘチマくらいの大きさで、でろりと半分はがれおちると、まっ赤《か》な口をひらきました。

「よお……」

声の主《ぬし》は、オオサンショウウオでした。

オオサンショウウオは、どぼんと水におちると、美《うつく》しい水の中を、ユラユラとカムロのところまでやってきました。そして、岸辺《きしべ》に頭だけをだすと、しばらくだまりこんでいました。

カムロは、間《ま》が悪《わる》くなってこういいました。

「ぼくは、カムロです。今から、この森の奥《おく》の岩山にのぼろうと思うのです」

オオサンショウウオは、短《みじか》い手で首のあたりをコリコリかくと、

「いやあ。そいつはたいしたものだ」

と、いいました。

「ぼくは、地図のとおりに川を歩いてきましたが、この岩がこえられそうにありません。この岩のむこうには、まだ川はつづいているのでしょうか?」

カムロが、そうたずねると、オオサンショウウオは、もったりとした声で、いいました。

「さあ、わしは百年以上《いじょう》、この水にすんでおるが、そ

いつはしらんのう。第一《だいいち》、この岩のむこうのことなど、考えたこともないんでな。しかし、おまえが、ほんとうの地図をもっているならば、こんな岩、なんでもなかろう」

（ほんとうの地図？）

カムロは、先ほどイタチにいわれたことを思いだし、サンショウウオに、それを話してみました。そして、地図をひろげて見せると、サンショウウオは、あっさりといいました。

「なるほど。イタチのいうとおりだ」

「どういうことですか？」

カムロは、強い口調《くちょう》で聞きました。

「まあ、おちつくんじゃ。いいか、この地図は、あの岩山を天高くから見おろした格好《かっこう》じゃろう。すなわち、この地図では、おまえが、トビよりもタカよりも高くとべないかぎり、あの岩山へは、いけないということじゃ」

カムロは、あきれてしまいました。そして、サンショウウオは、百年もこの水につかっているので、地図のことなどわからないのだ。ほんとうのことなどわからないのだと、思いました。

サンショウウオは、そんなカムロの気もちがわかったのか、水の中へずるずるとあとずさりをはじめています。

「カムロよ。おまえは、ここでひきかえすべきなのじゃ。思いとどまるべきなのじゃよ。このままいけば、おまえは、必《かなら》ず森のあるじとであうことになるじゃろう。下手《へた》をすれば、食《く》い殺《ころ》されてしまうかもしれんのう」

そして、くるりと反転《はんてん》し、岩の下へもぐってしまいました。

カムロは、ぶっそうな話にぎょっとしました。

そして、つったたまま、「森のあるじ」のことを考えました。しかし、いくら考えたところで、その正体《しょうたい》がわかるものでもありません。

カムロは、気をとりなおし、さらに、奥《おく》へとすすむことにしました。

そのためには、とりあえず、いく手をはばむこの大岩をのりこえなくてはなりません。そこで、すこし遠まわりにはなりますが、右手の坂《さか》をのぼることにしました。

坂には、今までとちがい、枝《えだ》の細かい低木《ていぼく》や、トゲだらけの野バラのような木が、びっしりとはえています。

「よいしょ、よいしょ」

しかし、その坂はかんたんに前へすすめないばかりか、のぼればのぼるほど岩からはなれていってしまうのです。

「こいつは弱ったぞ」

カムロは、いったんもどろうかとも思いました。しかし、もどれないのです。カムロがかきわけた木の小枝は、カムロのうしろで、がっちりと手をむすび、あともどりさせないのです。これでは、しかたありません。

カムロは、まるで、森の小枝たちにつれられるかのように、上へ上へとすすみ、ついには坂をのぼりきってしまいました。

目の前にはクマザサの原がひろがっています。カムロは、クマザサの原を見まわしたあと、ふりかえって川を探《さが》しました。しかし、そこには、おいしげった木々《きぎ》があるだけで、もう水の気配《けはい》はありません。

（なんてことだ。地図のとおりに歩けやしない）

　そのときです。

　頭の上を太い風が、どうっと音をたててふきぬけたかと思うと、森の木々はぐらぐらとゆれ、クマザサはざわざわとさわぎだしました。

　青い空には、煙《けむり》のような雲がずんずんとひろがり、あの岩山さえもすっかりおおいつくして

います。そしてぴたりと風がやみ、空がまっ黒におおいつくされると、クマザサの原は、異様《いよう》な静《しず》けさにつつまれました。

ドクンッ、ドクンッ。

カムロの心臓《しんぞう》だけが、はげしく音をたてました。もう前へいくことも、うしろへさがることもできません。

ヒュルヒュルル

ヒュルロロロ

クマザサの原に、竹笛《たけぶえ》の音が鳴りひびきました。それはそれは、高くすみきった音色《ねいろ》でした。

笛の音は、ゆっくりカムロに近づいてくると、五メートルほど前でたちどまりました。

「だれだい」

カムロが、小声でたずねると、クマザサはガサガサとゆれ、先ほどのイタチが顔をだしました。イタチはとがった口に竹笛《たけぶえ》をくわえたまま、カムロを見つめています。

カムロは、ほっとして、

「なんだ、イタチさんでしたか。先ほどはどうも……」

と、イタチに二《に》、三歩《さんぽ》、歩《あゆ》みよりました。

すると、イタチは、ひょいとササの影《かげ》に身《み》をかくしました。

そして、そのうしろから突然《とつぜん》、ガサガサッと、黒い大きな影があらわれたのです。黒い影は、ずんずんと、カムロが見あげるほどに大きくなると、手足をグググッとふんばり、金色の目玉でカムロをにらみつけました。

「おまえが、カムロか」

黒い影は、森をふるわせるような声でいいました。

カムロは、おそろしくて、おそろしくて、返事《へんじ》もできませんでした。

「わしは、この森のあるじだ。まあ、よい。そんなにおびえるな」

そんなことをいわれても、がくがくふるえる足が、おさまるわけがありません。

「おまえは、あの岩山にのぼりたいそうだな」

森のあるじに聞かれ、カムロは、

「はい」

と、ふるえる声でいいました。

「しかし、聞くところによると、おまえは、地図をもっていないそうではないか。もしそれがほんとうならば、わしは、おまえを食《く》い殺《ころ》すことになるぞ」

「ち、地図はあります」

カムロは、大いそぎでリュックから地図をとりだすと、森のあるじに、それをひろげて見せました。

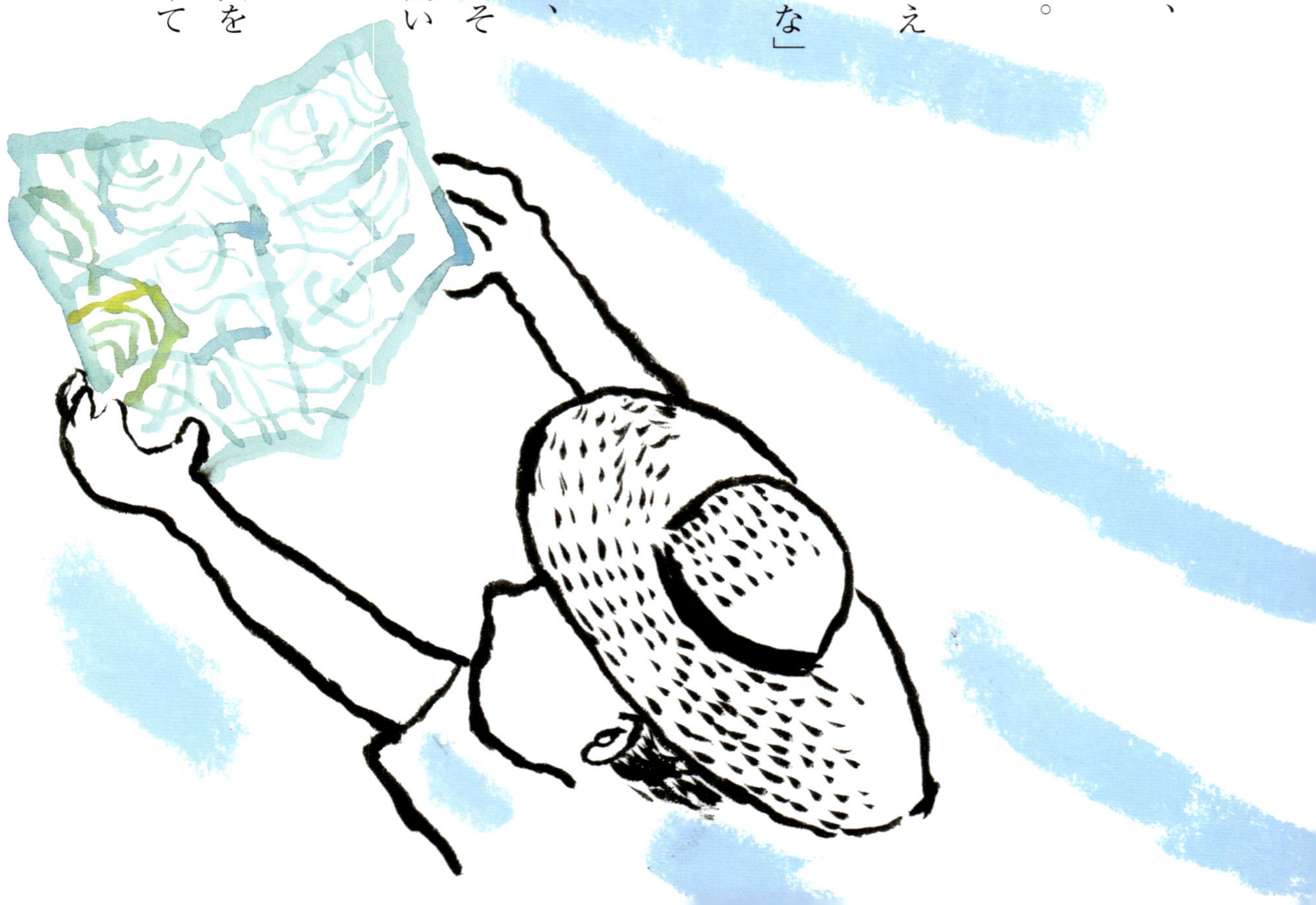

郵便はがき

150-0001

恐縮ですが
切手をお貼り
ください

東京都渋谷区神宮前6-31-15
マンション31-3B

ブロンズ新社
読者係　行

ご住所　〒

男・女

フリガナ
お名前

年齢　　歳

FAX
TEL

E-mail

職業・学年

ご購入店名　都道府県　市区(町)　書店

※個人情報の取り扱いについて
お客さまからいただいたお名前、ご住所、電話番号、E-mailなどの個人情報は、ブロンズ新社からの新刊、イベントなどの情報送付以外の目的には使用いたしません。

ブロンズ新社　読者カード

書名

1. この本を何でお知りになりましたか？

a. 書店で　b. 書評で（新聞・雑誌名　　　　　　　　　　）

c. 人にすすめられて　d. 広告で（媒体名　　　　　　　　　　）

e. その他

2. よくお読みになる新聞・雑誌は何ですか？

新聞（　　　　　　　　　　）　雑誌（　　　　　　　　　　）

3. この本をお買いになった理由をお書きください。

4. この本についてのご意見、ご感想、作者へのメッセージ、イラストなど、ご自由にお書きください。

●ご感想を広告やHP、本のPRに使わせていただいてもよろしいですか？

［　実名《じつめい》で可　・　匿名《とくめい》で可　・　不可《ふか》　］

★ご協力ありがとうございました。

　森のあるじは、太いまゆ毛《げ》をピリピリとさかだてていいました。

「ばかもの。この森では、そんなものは、地図とはいわん。どうやら、わしはおまえを、食わねばならぬようだ」

　食べられてはたまりません。カムロは、必死《ひっし》になっていいました。

「どうしてですか、どうしてこれが、地図じゃないのですか」

　森のあるじは、カムロをにらみけたまま、どっかとあぐらをかくと、腕《うで》を組みました。

「では、たずねるが、おまえは、その地図をどうやって手にいれた」

「どうやってって……」

　その地図は、カムロが、すこしずつためたこづかいで買ってきたものでした。

森のあるじは、カムロの顔を、のぞきこむようにしていいました。

「カムロ。おまえだけではない。人間《にんげん》は、みな、同じ地図をもって、この森にはいろうとする。あの岩山にのぼろうとする。それが、どれほど、ばかげたことかわからんか」

(だって、地図が同じでなかったら、みんな迷《まよ》ってしまうじゃないか)

カムロは、そう思いました。

すると、森のあるじは、

「そうではなかろう」

と、カムロの心の中を、読みとっているかのようにいうのです。

「森は、生きておる。春も夏も秋も冬も、朝も昼も夜も、一時《いっとき》として同じ姿《すがた》をとどめることはない。そんなこの森を、たった一枚《いちまい》の地図にすることなど、できるものか」

たしかに森は、日ごと姿をかえています。カムロは、森のあるじのいうことも、もっともだと思いました。すると、森のあるじは、太いまゆ毛《げ》をすこし八の字にさげて、にやりとわらうのです。

カムロは、すこし気もちが楽になり、思いきって聞きました。

「それでは、おたずねします。ぼくのもってきたこの地図は、いったいなんなのですか？　学校でならった地図は、なんなのですか？」

森のあるじは、腕《うで》を組んだままでいいました。

「それは、ただの約束事《やくそくごと》だ。人と人との約束事だ」

「それでは、もうひとつ、おたずねします。森の地図ってなんなのですか？」

森のあるじは、じっとカムロの目を見ると、ゆっくりといいました。

「おまえ自身《じしん》と、森との約束事だ」

（ぼく自身と、森との約束事……）

カムロは、心の中でつぶやきました。

しかし、地図がどんなものなのか、それでは、ちっともわかりません。

森のあるじは、金色の目玉を光らせて、

「森の動物《どうぶつ》たちよ。地図をもって、ここに集《あつ》まれ。森の動物たちよ。地図をもたぬ人間《にんげん》の子どもに、森の地図を見せてやるのだ」

と、さけびました。

すると、今まで、どこにかくれていたのか、たくさんの動物《どうぶつ》たちが、いっせいにカムロの前にあらわれたのです。キツネや、タヌキや、リスや、シカ。クマやフクロウまでいます。そして、その動物一匹《いっぴき》一匹が、しっかりと、手に地図をもっているのです。

「どうだ。カムロよ、見るがいい。みな、地図をもっておるだろう」

カムロは、ひとつひとつの地図を食いいるように見つめました。地図は、ヤツデやホウバの葉《は》っぱのうら、または、平《たい》らな石にかかれています。

キツネが、いいました。

「わたくしの地図は、枯《か》れ葉に風。風の声さえ聞こえたら、もう、道に迷《まよ》うことなど、ありません」

つづいて、フクロウがいいました。

「わしの地図は、この月じゃ。昼間《ひるま》は、役《やく》にたたんがのう。ふぉっ、ふぉっ、ふぉっ」

カムロは、森のあるじに　いいました。

「同じ森なのに、みんな、地図がちがうのですね」

「さよう。みんなの目や口や、手や足や尻尾《しっぽ》の長さがちがうように、一匹一匹《いっぴき》の地図も、みな、ちがうのだ。百匹《ひゃっぴき》の動物《どうぶつ》がいれば、百枚《ひゃくまい》の地図がある。それが森の地図なのだ」

（これが、森の地図……。それなら、ぼくにもぼくだけの地図があるはずだ）

カムロは、たしかめるようにいいました。

「ぼくにも、森の地図を手にいれることができますか？」

「ああ、できるとも」

「それには、どうすればいいのですか？」

「いや、特別《とくべつ》なことはなにもいらぬ。おまえは、今までどおり、クワの実《み》をつんだり、キノコをとったり、草笛《くさぶえ》をふいたりしていればいいのだ。そして、そのときごとに、考えよ。おまえにとって、この森がなんなのかを考えよ」

「それだけ……」

「ああ、それだけでよい。それだけのことでいいのだ」

森のあるじは、そういうと、静《しず》かに目をとじました。

そのときです。カムロをかこむ動物《どうぶつ》たちのなかから、一匹《いっぴき》の子ザルが、よちよちと、カムロに歩《あゆ》みよりました。

「あたしの地図、あげようか」

子ザルのさしだしたのは、ホウの葉《は》の地図でした。

手にとると、ホウの葉のうらには、たどたどしい線で、母ザルのおっぱいがかかれています。子ザルは、いいました。

「あたしね、この地図があるから、いちども、迷子《まいご》になったことがないのよ」

カムロは、思わずほほえんで、やさしくいいました。

「ありがとう。でもね、ぼくは、ぼくの地図をきっと探《さが》すから。いつか、きっと、探すから……」

その言葉《ことば》を聞くと、森のあるじは、ゆっくりとたちあがり、大きく息《いき》をすいこみました。

するとどうでしょう、今まで、空をおおっていた黒い雲が、ひゅるひゅると、その口にすいこまれ、まっ青《さお》な空がひろがりました。

そして、森のあるじは、大空へ、ひょんととびあがると、風のように、岩山の上へとびさっていきました。

気がつけば、動物《どうぶつ》たちも、もういません。

カムロは、ポカンと口をあけたまま、しばらく、岩山をながめていました。

岩山は、なにごともなかったかのように、その岩はだを、風にあらわせています。

ピーロロロー
一羽《いちわ》のトビが、風にのったかと思うと、一気《いっき》に天高く舞《ま》いあがりました。

カムロは、しばらく天を見あげていましたが、やがて、リュックをしっかりと背《せ》おいなおしました。そして、岩山に背をむけ、ゆっくり歩きだしました。

トビは、大空のいちばん高いところから、森を見おろしているようです。

森の地図

2005年 4 月20日　初版第 1 刷発行
2016年 1 月25日　　　第 6 刷発行

文　阿部夏丸
絵　あべ弘士

装　丁　坂川事務所
本文デザイン　新垣かほり

発行者　若月眞知子
編集者　山縣彩
発行所　ブロンズ新社
東京都渋谷区神宮前6-31-15-3B
03-3498-3272
http://www.bronze.co.jp/
印　刷　吉原印刷
製　本　難波製本

ISBN978-4-89309-351-6 C8071